无他集

徐锡中 著

江苏大学出版社
JIANGSU UNIVERSITY PRESS

镇江

图书在版编目（CIP）数据

无他集 / 徐锡中著. -- 镇江 : 江苏大学出版社,
2024. 9. -- ISBN 978-7-5684-2306-9

Ⅰ. Ⅰ227

中国国家版本馆CIP数据核字第20240W1J97号

无 他 集
Wu Ta Ji

著　　者 / 徐锡中
责任编辑 / 任建波
出版发行 / 江苏大学出版社
地　　址 / 江苏省镇江市京口区学府路301号（邮编：212013）
电　　话 / 0511-84446464（传真）
网　　址 / http://press.ujs.edu.cn
排　　版 / 无锡市证券印刷有限公司
印　　刷 / 无锡市证券印刷有限公司
开　　本 / 710 mm×1000 mm　1/16
印　　张 / 11.5
字　　数 / 100千字
版　　次 / 2024年9月第1版
印　　次 / 2024年9月第1次印刷
书　　号 / ISBN 978-7-5684-2306-9
定　　价 / 68.00元

如有印装质量问题请与本社营销部联系（电话：0511-84440882）

　　徐锡中，出生于 1963 年 11 月，1987 年硕士研究生毕业于南京航空航天大学。先后担任无锡建仪仪器机械有限公司团委书记、党委书记、总工程师。

　　平时爱好文学艺术，喜欢诗词歌赋。每每有感而发，善于从朴实无华的平凡生活中发现和捕捉世间的美好，提炼普通人生存与生活的哲理。

目 录

无他集 / WU TA JI

I

下篇 感觉

上篇

感　悟

浣溪沙·过十八湾

七月二十五日，节在大暑，过十八湾，时值汛期。

阵阵南风撞六窗，
云高水阔起白光，
欣无蓝藻有芬芳。

山木葱茏化大暑，
绿阴沉静纳微凉，
湾中菡萏正飘香。

二〇一〇年七月二十五日

又见悲恨和狮子座流星雨

切切才读泪满襟，
萧萧再现涕零零。
雄狮座里流星雨，
为甚狂飙到五更！[1]

[1] 中国古人认为，天上一颗星，地上一个丁。天上流星滑落，对应世间重要人物去世。

二〇一二年十一月一十八日

（是夜，狮子座流星雨大爆发）

马山农家乐

又是一年刈获时，
橘黄芋紫古村西。
红菱烩藕鲈鱼嫩，
莼菜焯虾蟹肉滋。
妙笔丰收难绘画，
高厨美味善操持。
田园兴起农家乐，
振奋乡村正入题。

二〇一二年十月二十七日

和和和

6月6日、7日、8日是一年一度的高考日，和和在其QQ空间有诗二首，读之，有同感。故和之。

和和和

名利非非辨不宁，
母期子贵费心旌。
如何造就五龙道，
还给青春少年情。

附和和原诗：

高考日

读书自古多艰辛，
但求金榜能题名。
十年含泪今日竟，
"品味时尚"[1]梦难醒。

[1] 今年江苏省高考语文的作文题目为：品味时尚。

二〇一三年六月十日

大学同学会

毕业三十年，一朝相会，能无感慨？
功成与否，天命已然。心存感恩，幸甚至哉。

明御河边六载嵘，
紫金山麓百寻松。
夜读不屑习题简，
昼考浑觉试卷工。
往事迢迢年少俊，
青丝苒苒染霜童。
何方得道正疑惑，
落照秋风万木红。

二〇一三年十月四日

千岛湖上乘游船[1]

绿水沉沉如碧海，
波侵赭土束金陔[2]。
风轻浪稳山岚霁，
百岛千岛转复来。

[1] 千岛湖即新安江水库，水库坝高水深，水势清澈明亮，目测透视深度达两米，乃是我见过的最清澈的湖泊。因为是水库形成的湖泊，其水深非一般自然湖泊可以相比，船行湖中央，给人以航行在大海之上的感觉。这种感觉只可体会，难以言传。

[2] 波浪冲击露出水面的山头而成的一个个小岛的根部，形成一圈圈好像是金黄色的台阶。

二〇一三年十月二十一日

蠡湖春早

滩头苇秆旧冬衣，
水暖春湖掠鹭鸶。
宝界双虹白练展[1]，
西施渚上尽西施[2]。

[1] 宝界桥是一九三四年由荣德生捐建的一座大桥，把蠡湖分为东蠡湖和西蠡湖，造福乡里，方便大众往来。一九九四年，为了适应经济发展的需要，解决交通拥堵的问题，荣德生的孙子荣智健又捐建了更大的新的宝界桥，因取李白"两水夹明镜，双桥落彩虹"的诗意，新老宝界桥合称宝界双虹。

[2] 蠡湖中原来没有岛屿，因追慕范蠡、西施泛舟蠡湖的传说故事，近年在西蠡湖中间积土为墩，植树造景，取名"西施墩"。

二〇一四年二月一十五日

梁溪河[1]

潭清影静榭连亭，
水阔风和柳色新。
倘有闲情追李杜，
梁溪助就子陵心。

[1] 梁溪河，无锡的母亲河，东接京杭大运河，西出梁湖大桥入太湖，全长十里余。两岸多修有亭台楼阁，步道与栈道相接，是放松身心的好去处。

二〇一四年二月一十五日

湖滨饭店八楼叙旧

太湖二日，大学同学会后
大家联系更多了，又相邀相聚无锡了……

仲夏星光映眼帘，
凉风阵阵满楼间。
欲谈日下功名事，
却话三十五载前。

畅游鼋头渚公园并登三山仙岛

一湖烟雨隐渔帆[1]，
乌桕参差紫槿欢。
信步鼋头观吴越，
雄谈轶史点江山。
会仙桥塆追庄老，
古寺中堂捧素盘[2]。
两字淡泊容易写，
一湖烟雨蘸枯干。

[1] 20 世纪 80 年代以后，渔船、客货运输船都不再使用渔帆，帆蓬作为船的动力来源已经一去不复返了。可是我们总是看见在各地湖面上弄一些渔帆船在那里装模作样，好像只有这些渔帆才能够承载诗与远方，才能够开阔我们的胸怀。

[2] 鼋头渚东南竹林深处有广福寺，据说始建于南朝萧梁时期。三山今新建有老子道场。

二〇一四年七月五日

阖闾城遗址

十月六日到阖闾城遗址博物馆，十月八日有月全食发生，红月亮全国可见。

泰伯奔吴，阖闾建城，吴越先后为春秋霸主，一时多少道德、英雄、美女、刺客、仇恨、宝剑故事。月亮红了，白了，又红了。然而两千五百多年过去了……

礼让遗风成过往，
光僚暗斗暴"鱼肠"[1]。
胥山隐隐金鼓声，
雪堰森森铁甲光[2]。
几度悲欢吴楚越，
一般咏叹血仇伤。
而今掸去千年土[3]，
数段夯基月色凉。

[1] 鱼肠：欧冶子所铸八把名剑（湛卢、巨阙、胜邪、鱼肠、纯钩、龙渊、泰阿、工布）之一。

[2] 雪堰：传说为伍子胥操练水陆军之处。

[3] 考古发掘，目前只找到阖闾城的三面夯土城墙，如今只有这夯土的墙基在红月的照映下透出远古的幽思。

二○一四年十月十日

无他集 / WU TA JI

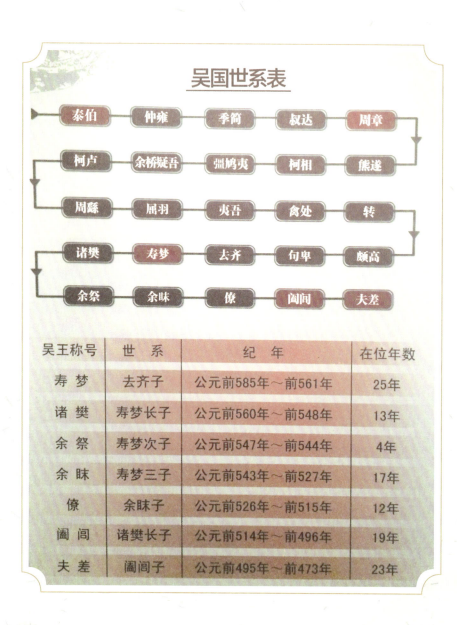

吴国世系表

泰伯 — 仲雍 — 季简 — 叔达 — 周章

柯卢 — 余桥疑吾 — 弧鸠夷 — 柯相 — 熊遂

周繇 — 屈羽 — 夷吾 — 禽处 — 转

诸樊 — 寿梦 — 去齐 — 句卑 — 颇高

余祭 — 余眛 — 僚 — 阖闾 — 夫差

吴王称号	世系	纪　年	在位年数
寿梦	去齐子	公元前585年～前561年	25年
诸樊	寿梦长子	公元前560年～前548年	13年
余祭	寿梦次子	公元前547年～前544年	4年
余眛	寿梦三子	公元前543年～前527年	17年
僚	余眛子	公元前526年～前515年	12年
阖闾	诸樊长子	公元前514年～前496年	19年
夫差	阖闾子	公元前495年～前473年	23年

橘子洲头

湘江踏浪在橘洲，
壮志风吹万户侯。
且索润之踪迹处，
豪情也寄与天讴。[1]

[1] 一般都认为《沁园春·雪》是毛主席的登峰造极之作，而我以为《沁园春·长沙》才是毛主席的扛鼎之作。《沁园春·长沙》是 1925 年晚秋毛泽东 32 岁时的作品，那时候革命刚刚开始，前进的道路并不明朗，一个青年在晚秋的时节看到的不是落叶纷纷，不是秋风萧瑟，不是大雁悲鸣，而是万山红遍、雄鹰高飞的蓬勃向上的自然活力，站在橘子洲头，胸怀世界、睥睨一切王侯将相，历史使命感、责任感跃然纸上，真乃古今中外青年人的楷模。

二〇一六年五月八日

登岳阳楼·其楼

北观云梦水苍茫，
千古一楼在岳阳。
不为楼高邀日月，
只因范相有华章[1]。

[1] 范仲淹《岳阳楼记》千古名篇，成就了岳阳楼为江南四大名楼之名，滕子京也流芳后世，正如李白一首《赠汪伦》使得汪伦留名后世。

二〇一六年五月十日

登岳阳楼·其人

洞庭浩渺气雄哉，
淫雨霏霏岸线开。
浪立涛白鸥鹭惧，
楼惊色暗乐忧来。
文豪把酒豪情动，
州府临风使命怀。
抚今追昔千百岁，
"斯人"校点指难掰。[1]

[1] 今岳阳楼重建于三国时鲁肃操练水军墩台旧址，旁边的鲁肃墓前游客稀少，岳阳楼上名人熙攘。登斯楼者，无不临风拍栏，满怀豪情。然可与范公同归者有没有呢（然而范公实际并没登过此楼）？

诚希望有一天岳阳楼头有一榜"仁人"名录，以告慰范公历史的寄望，也不虚贵客登楼之行。

二〇一六年五月十日

秋日三景

二〇一六年国庆，好友相邀赴外地探秋，余有赘事未能成行。三日午后独自在仙蠡墩转悠并沿梁溪河信步而行，成诗三首。

其一　河边

柳叶拂额手不推，
朦胧酒醒季风微。
闲闲过客呆呆望，
钓叟悠悠等饵回[1]。

[1] 有钓鱼经验的知道，快速吃食的多半是小鱼，大鱼吞食总是沉稳缓慢有力地开始，且有回标，此时猛拽，必能成功。

其二　道旁

蒂落随风杏果飞[1]，
曲桥楚柚满枝垂。
麻石道口柑橘静，
巷陌榴实洒或辉[2]。

[1] 往日珍贵的银杏果现在满地打滚无人问津，反而隔日外皮腐烂，臭不可闻，行人不得不绕道而行，生怕踩上一脚，就像踩上一坨烂鸡粪。

[2] 明徐渭画有"榴实图"，题诗曰："山深熟石榴，向日笑开口。深山少人收，颗颗明珠走。"而如今物质丰富，生活富裕，不用在山中，就是在村边道旁人来人往之处，树上的许多水果也自生自灭，坡上山芋、塘中莲藕也有如此景象。

其三　墩前

仙蠡墩刊远古碑[1]，

溪空岸阔素云追。

红黄翠绿高低是，

万里寻秋"木有"亏[2]。

[1]仙蠡墩：据考古发掘，今无锡仙蠡墩在新石器时代即有先民在此种稻、捕鱼，繁衍生息。

[2]"木有"：网络语，好好的"没有"两字非要说成"木有"。

二〇一六年十月三日

年初五·接财神 [1]

寻常日子不寻常，
子夜时分礼炮狂。
只怪公明车辇过，
红包似雨手指僵。

[1] 接财神这一传统，颇有中国特色，当天都想把财神接到自己家中，财神纵然有分身之术，也实在忙不过来。看来财神需要化身为太阳神，这早上一露脸，万道光芒照进家家户户，大家就都发财喽。

二〇一七年二月一日

竹海·同学会[1]

其一

杯觥错错心旌摇，
红袖娉娉让酒饶。
可恨流年消壮志，
葡萄暗暗换红醪。[2]

其二

春山溢翠喜眉梢，
涧水成渊静心潮。
相伴同窗收健步，
惠风和畅路迢迢。[3]

[1] 是日，高中同学于宜兴竹海宾馆聚会，三个班级一百多人基本到齐，外地的同学也大多赶回，可见同学会之魅力。

[2] 有的同学不胜酒力，用葡萄汁冒充红酒在那里起劲地干杯呢。

[3] 余有仿《兰亭集序》于书后。

二〇一七年四月二十九日

乘"量子"游轮巡海兼到日本长崎

苍茫水色浑天梦，
道客决眦索蜃蓬[1]。
化雨风随吹似润，
排山浪去势如奔。
楼船卷澜白雪涌，
"量子"劈波碧浪喷。
俯仰之间思绪壮，
英雄蹈海彩虹腾[2]。

[1] 一到海上，有道家情结的人总会努力去搜寻虚无缥缈的海市蜃楼，眉飞色舞地说起八仙过海的故事，探索蓬莱、方丈、瀛洲等海外仙山。

[2] 周恩来东渡日本留学时曾有诗曰："面壁十年图破壁，难酬蹈海亦英雄。"

二〇一七年六月二十五日

南山坞记游

南山坞里紫杨梅，
雾霭坡头白贡眉[1]。
碧涧鱼虾寒水长，
难得锦鲫炙无陪[2]。

[1]贡眉：白茶的品名。

[2]山涧水深且寒冷，多年生长的鲫鱼呈金黄色，肉质紧密，更有特色。

二〇一七年六月一十七日

避　暑

八月无锡大热，先逃锦州，仍不足恃，继奔辽东。

热带高压笼江南，
如蒸似烤暑荒蛮。
三千里避松岭内[1]，
四小时趋洋河湾[2]。
次第山峦青绿黛，
万重云海墨白蓝。
直疑造化难平处，
几阵凉风转笑颜。

[1] 松岭：横亘锦州北部的绵延山脉。

[2] 洋河：大洋河在岫岩打了个U形湾后，曲折地注入渤海。

二〇一七年八月三十日

湿地冬日 · 元旦

湖平水清浅，
苇萎气寒凝。
僻野生禅意，
施白[1]慕园丁。

[1] 施白：秋冬之际，给树干下部刷白石灰，防止虫害。

二〇一八年一月一日

是日大雪

夜雪潇潇万籁静，
银灯琼树两相形。
飞花入水闻无声[1]，
踏雪嘎嘣却分明。

[1] 无声：《诗经·车攻》："之子于征，有闻无声。"

二〇一八年一月二十五日

溧阳古镇记游

  大年初三，大雪寒冷以后气温回升较快，但仍以阴天为主，预报后期还要下雨降温。趁此回暖之际，诸友集合而赴戴埠南山一游。

社会安康古镇新，
田园丰稔老醅清。
欣欣景色人称喜，
矿浴登山趁晏阴[1]。

[1] 戴埠竹海公园外，有温泉酒店。

二〇一八年二月一十八日

无他集 / WU TA JI

桃树礼赞

　　桃树桃花本寻常之物，房前屋后、荒山野地、东西南北，处处都有她的踪影。为你所赏目、饱我之口福，然寻常之中也不寻常，思之念之。

遥遥上古山海经，
莽莽夸父布邓林。
花沐春风娱慧目，
果滋夏雨献怡津。
虬枝铸剑驱魔怪[1]，
硬骨制符镇鬼星[2]。
可叹千年诗万语，
容颜写尽少灵性。

　　[1] 古代道士总是以桃木制作成桃木剑，用来作法驱邪杀魔。

　　[2] 平民百姓家则用桃枝做成各种符咒挂于门前或窗棂上，以防邪气或恶鬼侵入门户，保佑家宅平安。

二〇一八年四月二日

苏州东山·农家生活乐趣无穷

东山枇杷熟了，湖边粽叶阔了，小满节气到了，端午时光近了。

水势去沧浪，
枇杷动目黄。
林芳无鸟影？
树杪有旗扬[1]。
野钓村夫乐，
浣衣俚妇忙。
扁舟何处弄，
采叶苇蒲浜。

[1] 树梢上系满了驱鸟的红布条，远远望去好像一杆杆红旗在飘扬。

二〇一八年五月一十九日

李中河水上森林

鹭就杉林曼舞轻[1]，
嘲哳在树叶扬宁。
李中河里漂何久，
半是修行半是情。

[1] 一群群白鹭无声息地滑翔，刚落入杉林中就吵闹不休。一河之隔的参天大白杨上却没有一只停歇，甚是奇怪。

二〇一八年七月一日

中秋前夕·宜居无锡

晨行湖汊雾山间，
暮上鼋头不夜天[1]。
致爽烟波秋色里，
温情与水更无前[2]。

[1] 每年中秋期间，鼋头渚都有烟花燃放，观者人山人海。

[2] "无锡充满温情和水"为无锡的城市宣传口号。2018 年 6 月 23 日中国社科院与经济日报发布中国城市竞争力报告，"2017 中国城市宜居竞争力排行榜"中，无锡市位列中国内地宜居城市第一名。

二〇一八年九月二十二日

无 题

风过芦蒲瑟瑟摇，
山衔落日岫云飘。
纳兰画扇悲秋冷[1]，
几处新人摄窈娆。

[1] 纳兰画扇：清纳兰性德《木兰花令》中句："人生若只如初见，何事秋风悲画扇。"

二〇一八年十月二日

党建活动在沙家浜[1]

"春来"智斗唱三方，
鱼水情深信念罡。
病痛难得鸡米软[2]，
饥肠不舍笋根黄。
八十寒暑惊天地，
十亿神州奔小康。
饮水思源休忘本，
初心理想正传扬。

[1] 叶飞将军言：一九三九年新四军东进沙家浜的意义在于回答了能否在以阳澄湖为中心的苏常太一带建立抗日根据地这一问题。

[2] 鸡头米：学名芡实，是一种一年水生草本植物，是阳澄湖一带常见的植物，多与芦苇等相伴生长，具有很高的营养价值。伤病员们在没有粮食供应的情况下，机智地下水采集，在敌人封锁下的芦苇荡里坚持了下来。

二〇一八年十一月十七日

秋语·和伟亮同学

伟亮今日到南京，回到母校校园[1]，流连忘返、触景生情、妙语连珠。不禁心生感慨，成诗一首，以叙友情：

层林蜡染阐清秋，
御水曲流吊古幽。
莫笑同窗集百感，
人生此刻最资愁。

附伟亮同学诗：

独爱金陵在晚秋，
紫金山下留思愁。
往事悠悠已如烟，
故地潇潇仍清幽。

[1] 母校右靠明故宫，左牵五龙桥，明御河流淌在校园之中。

二〇一八年十一月二十九日

蝶恋花·清名桥上 [1]

日暮清明愁绪厚。
怎遣情怀？
坝朴箫音瘦。
绿水一道伴春走，
江南魂系新杨柳。

恰看丽人蝉翼镂。
也静心扉，
再把青春候。
借得三杯杏花酒，
江南韵在烟岚后。

[1] 清名桥：无锡的名片之一，横跨于古运河之上。

二〇一九年四月五日

无他集／WU TA JI

蝶恋花·苏州二日

4月13日到苏州，游古街坊、登李公堤、宿独墅湖，恰逢园区25周年庆典。是夜，金鸡湖畔灯光尤其绚丽、游人如织。

亘古山塘玄妙老[1]。
檐错廊回，
石拱迎春晓。
间水两坊匠心造。
风情埠上新阿嫂[2]。

自许天堂王气少。
不愧天堂，
行遍姑苏笑。
独墅湖边枕波早，
金鸡岸畔星光闹。

[1] 山塘街：苏州著名的老街坊。

[2] 新阿嫂：记得以前新婚娘子是不大出门的，但不得不去河埠上淘米洗菜，一群小孩子就围在河埠旁边，品头论足，看身姿是否婀娜，长得是否肤白貌美。

二〇一九年四月十四日

周末徒步

　　社区组织徒步活动，蠡湖边上红旗招展、人头攒动、热闹非凡，组织徒步的群团各式各样，你来我往，真一乐事也。

　　　　　　西堤翠树蠡堤桥，
　　　　　　疾步风生动柳梢。
　　　　　　路转红旗迎面舞，
　　　　　　牵衣笑问哪一标。

　　　　　　　　　　　　二〇一九年四月二十二日

含鄱口[1]

双峰对峙走龙岩，
吞吐鄱阳峻岭悬。
玉女拨云思下界，
樵夫乘雾欲成仙。

[1] 含鄱口：山势险峻，似龙腾虎跃，左侧山道蜿蜒曲折，时有雾气弥漫，似入仙境一般，电影"天仙配"曾在此取景拍摄。

二〇一九年六月七日

庐山可以再去·即兴有二

五老峰

太白词藻或疑偏[1]，

携杖钦勘五老巅。

雾暴巉岩涛怒涌，

松依绝壁景无言。

遥遥背岭潜神秀，

历历峤崖胜洞天。

空谷山呼回响久，

啧啧雀跃下夕烟。

[1] 李白诗《登庐山五老峰》曰："庐山东南五老峰，青天削出金芙蓉。"对于这个"金芙蓉"有人觉得不太好理解，通常五老峰应呈现青绿苍翠或隐或现于云雾之中，难有金色的概念，有人认为是为了衬托芙蓉花的高贵典雅，饰之以金字，称为金芙蓉。我以为李太白是看见五老峰在夕阳下显示出了金芙蓉的形象。

二〇一九年六月七日

三叠泉

石阶壁立九十弯，
飞瀑横空荡皓翻。
但只遥看千丈水，
一时喘喘化嫣然。

[1] 一九八四年第一次去庐山，在五老峰遇雷暴雨，因此未能去三叠泉领略"飞流直下三千尺，疑是银河落九天"的壮丽风景，这次下决心下去了，台阶陡峭，气喘吁吁，终于无力再回山上，只能够顺着沟下去，但看到了更多景色，走到了白鹿洞书院。

二〇一九年六月八日

庐山可以再去·即兴有四

芦林湖[1]

一桥铸断育芦林，
波碧山青吐纳轻。
俯瞰氤氲三宝树，
黄龙潭水映心明。

[1]芦林湖：湖水清澈，周围景色清秀，近树碧绿，远山黛墨，雾起云涌，徘徊桥上，流连忘返。

二〇一九年六月八日

庐山可以再去·即兴有五

庐山不仅是一道风景[1]

匡庐仙境赐苍黎，

寺观无名景峻奇。

龙首崖边晨影悚，

仙人洞外暮云迟。

美庐松挺中正爱，

牯岭风疾润之疑。

政治人文山欠厚，

屏峰锦绣九叠低。

[1] 庐山的地理风景、典故历史、人文政治内涵之盛，超越了普通的庙宇、道观。

二〇一九年六月八日

中　秋

今日天气格外晴朗。

高楼雾列夜流光，
车马摩肩世日昌。
寻去偏街观满月，
正逢桂树暗飘香。

二〇一九年九月十三日

观国庆70周年庆典

今日国庆，天安门前有盛大的阅兵仪式和群众游行，举国欢腾，有诗为证：

英姿威武步铿锵，

霹雳雷霆意亢昂。

铁甲奔流惊大地，

"东风"[1]劲挽傲苍茫。

七十风雨求争胜[2]，

亿万人民站富强[3]。

放眼环球承伟业，

人间正道是沧桑。

[1]东风："东风"系列弹道导弹乃护国重器。

[2]求争胜：求索、探索，斗争、争取，胜出、胜利。

[3]站富强：站起来、富起来、强起来。

二〇一九年十月一日

赋朋友南归

云上骊歌伴月残[1]，

关河冷落莫凭栏。

衡阳雁去湖山暖，

南浦人来弱水寒。

冬至阳光长夜阒，

新年日近气息欢。

轻弹冠冕风尘住，

岁月蹉跎有静安。

[1] 古人描写离别总是灞桥洒泪、折柳相送。今人则在云端赠言、微信上挥手，欢声笑语，不再有汪汪眼泪。这需要感谢科技进步，交通便利了。岭南荔枝、粤港凉茶，立等可取，有何悲焉。想见面，立马订票，虽远隔万里，不过一二日之间而已。

二〇一九年十二月十日

大年夜微信拜年喽 [1]

彩信锦笺辞旧岁，
和风瑞雨觐新年。
山河秀润人心暖，
更始阳春好运连。

　　[1] 20世纪80年代前，无锡拜年都是年初一早早起来，一家家去敲门，可以捧到大把的瓜子、糖果、花生等，运气好的话，还有雪片糕甚至压岁钱；后来电话普及开来，就打电话拜年，铃声响个不停；再后来，智能手机时代来临，微信拜年了，形式多样的表情、视频、文字，再加上抢红包，躺着就把年拜了。与时俱进却又不知道哪种形式更好。

二〇二〇年一月二十四日

草木不知愁滋味

造化难悉世事寒，
东风几缕万方妍。
凝眸寥廓诸天静，
检点红黄雨泪沾。

二〇二〇年三月二十七日

五月初五蒙太奇

端午时分应正阳，
飞龙卦象主安康。
大德府第悬蒲草，
小智明堂品雄黄。
屈子一时投汨水，
龙舟岁岁探锦囊。
江波爱恨浮沉远，
剩有青芦裹粽香。

二〇二〇年六月二十五日

庚子年大雪日客户催货

是夜和一众人赶工有感

黄花落尽百花残，
岁月如霜鬓发寒。
志放南山人不恙，
德归其所自平安。
文心勿与愁萧瑟，
匠意独钟琢玉圆。
淬炼纯青一把火，
英雄老去莫等闲。

二〇二〇年十二月六日

无 题

纵然细雨助春寒，
怎拒东风入旷原。
我就窗前杨柳树，
坐拥明日艳阳天。

二〇二一年二月十一日

目莲节过阳山荡潮音寺

满寺梵声磬与钹，
谁家超度衣黑裰。
心逾孝子莲僧苦，
泪比阳山荡水多。

二〇二一年五月四日

华西村[1]

名闻华夏誉参天，
仁宝支书话向前。
金塔影高迎旭日，
铜钟声厚散轻烟。
曲廊回宛连千户，
大道通达并四边。
遥望吴牛云外走，
桃花源里可耕田？

[1] 华西村用"一分五统"的方法并入周边 16 个村，正欲打造共同富裕的桃花源。

二〇二一年七月三日

听 夏

静静荷塘化暑阳，
芙蓉悦目自生凉。
榴荫听夏歇三刻，
一刻清风二刻香。

二〇二一年八月六日

中秋望月

红笺锦字有谁期[1]，
万里长空星汉稀。
一派乡思平寥廓，
正当月带彩云时。

[1] 李清照《一剪梅》："红藕香残玉簟秋，轻解罗裳，独上兰舟。云中谁寄锦书来？雁字回时，月满西楼。"现在还有这样思乡、思人的浪漫情怀吗？

二〇二一年九月二十日 子夜

山南水北晒太阳补钙

荷枯显物伤，
水浅观鱼翔。
耳后松针落，
跟前谷树黄。
秋冬明嬗替，
造化费端详。
但是知寒热，
翛然倚北墙。

二〇二一年十二月三日

壬寅年初一漫步有感

枯柳昏杨待春发，
年来岁去宙无涯。
不临清涧摩双鬓，
却向枝头看小花。

二〇二二年二月一日

夜幕低垂，万物各归其所，仍见邻村老魏田间劳作成诗一首聊以自慰

悄然双燕落残阳，
又有佳人倚宋墙。
田间魏翁锄似舞，
老来起劲夜来忙。

二〇二二年三月十八日

眼观超级月亮耳听歌

八点夜离漕桥西，
穿湾过湖到梁溪。
也寄愁心与明月，
不把悲伤留自己。

二〇二二年五月八日

二 首

记参观宜兴革命烈士纪念馆等迎"七一"活动。

其一　革命征程
阳羡之门几度开，
龙背山脊巨龙嗨。
红巾少女展莺语，
烈士希求理想来。

其二　湖㲽龙溪
梦闻荒雏数啼遥，
破晓麻鸭叫闹高。
傍水依云云似去，
清风两袖过溪桥。

二〇二二年六月二十六日

壬寅小暑

是日，在家休暇，翻检老书旧照，忽然阵雨来袭。

故人杳匿剩神交，
相忘江湖愁渐消。
残卷释怀连小暑，
东篱花草雨飘飘。

二〇二二年七月七日

无 题

高温刚去怨茶凉，
和畅微风半阴阳。
约客来早门户闭，
鸡虫鸣处看螳螂。

二〇二二年八月二十八日

十里画廊·进步看得见

步道铺就彩虹新，
更见水沟卵石平。
左右树高欲隐秀，
中有淑女嗨抖音。

二〇二二年十月二十三日

拈花湾里来拈花

拈花一笑禅意穷，
几树红叶秋色浓。
鹿鸣谷里洗尘思，
半闲居处花朦胧。

二○二二年十月二十九日

癸卯年春节

手捧笐屏览天下，
音讯混沌真又假。
索性甩手扔一边，
清清爽爽歇年假。

物阜民丰年味轻，
过年传统须创新。
四季工作不容易，
巧妙减压最有情。

二〇二三年一月二十三日

漫步鼋头渚

鼋头渚有清末状元刘春霖书写的"鼋渚春涛"石刻。

山色湖光两相宜，
听涛鼋渚意离离。
平生纵有千般苦，
到此怡然总忘机。

二〇二三年二月一日

山上坡下

其一　杨梅树

空气含糖杨梅老，
众鸟缘何只啄桃。
清风吹过簌簌落，
一地紫红忆曹操。

其二　绿茶树

黄梅时节水满塘，
山间溪流汨汨忙。
松风竹影伴夏至，
坡上茶树换鹅黄。

其三　红豆树

红豆杉树托相思，
曾几何时栽满地。
而今相思老去也，
玉兰树下无人理。

二〇二三年六月二十三日

京津行

其一　王府井

物欲横流王府井，
风沙依旧来帝京。
秉贵塑像今犹在，
艺术楼堂卖金银。

其二　五大道

仲斋世昌孙殿英，
豪阀下野蛰津门。
静园不静风云谲，
烟华散尽不见人。

二〇二三年四月一十六日

忆采蝉衣[1]

独存清趣对蝉衣，
六爪提棘勾往昔。
纵怕儿童得手早，
露晨静候羽新齐。

[1] 古人以为蝉餐风饮露，是高洁之物。现在多用碧玉、硬木刻成摆件、饰物，以附风雅。然蝉衣确是一味中药，清热亮嗓。以往镇上中药店有收购，价格颇高。幼时，小伙伴们都起得早早的，到林子里采集。因为早晨露水未干，好多知了尚未完全脱壳，此时若硬拿下它的壳，则知了的翅膀卷缩在一起，无法长成漂亮的羽翼，也就不会飞翔，所以耐心的人总是等候它完全从壳里出来以后，方取走蝉衣。

二〇二三年八月六日

踏鹊枝·七夕

雨过天晴河汉淡。
知有知无，
寻鹊桥遥看，
藤柳箩筐牛郎担，
一年一度情千万。

暑往秋来时月漫。
潮起潮平，
谁记广陵散[1]，
宝马兰舟金翅扇，
闲愁吹却红巾叹！

[1] 广陵，即今扬州，有杜十娘在瓜洲渡口怒沉百宝箱故事。

二〇二三年八月二十五日

中秋国庆双节同庆

山河披锦绣，
天地沐清辉。
四海红旗展，
八方金桂垂。
感时合五律，
情醉共一杯。
遥望中秋夜，
群星捧月飞。

二〇二三年九月二十九日

太湖古镇一日游

大饭店

高楼无端五十丈，
更开四千三百房。
龙梦雅仕客如潮，
太湖古镇夜流光。

醉美太湖

街边美食任你尝，
红妆又送棒棒糖。
景不醉人人自醉，
看罢好戏烟花放。

二〇二三年十月二十八日

大寒日临别赠同事

板桥子弟过江南，
胸有诗书意蕴宽。
文质彬彬君子器，
珠玑字字卧文坛。
力争一板手筋妙，
礼让三枪情谊酣。
时运不济鸿鹄老，
总怜壮士夜惊寒。

二〇二四年一月二十日

赠友人·往事如风岁月如歌

听琴窗下未能忘，
贩彩飞鸿本色强。
三四十年一指化，
朝夕之外两彷徨。
浮生长恨多追悔，
风物还愁少华章。
尺素难托离鸟意，
寄于明月照春江。

二〇二四年二月二日

室有兰兮

室有兰兮，其气也芳。

室有兰兮，其味也馥。

室有兰兮，其中亦幽。

室有兰兮，其间亦邃。

处之兰室，不亦君子乎？

二〇二四年三月二日

送友人

　　十七日与阔别的研究生会老朋友唐建设、孙振德相聚，虽然仅三个小时，但不由得爬几个格子以示纪念。

喜鹊闹春庭，
相知忽奉迎。
记得鲜鳜味[1]，
还进炙鲈厅。
款款才执手，
匆匆又起行。
英雄挥泪去，
吾辈亦生情。

外一首

由来水浒三国志，
长亭相送短亭揖。
英雄豪杰洒泪别，
迁客骚人折柳枝。

[1] 说起大学期间到乡下品尝红烧鳜鱼的味道，依然回味无穷。

二〇二四年三月一十七日

春 景

燕子呢喃恋旧梁，
双飞细雨过横塘[1]。
春温遣笔题新句，
正写樱花油菜黄[2]。

[1]横塘：吴大帝所筑之堤，是听雨的打卡地。北宋贺铸有《青玉案》词云："凌波不过横塘路，但目送、芳尘去。"现泛指柳丝拂面、烟雨朦胧、诗情画意的河堤湖堤等。

[2]春暖花开，生机勃勃，目不暇接，樱花还没有看完，油菜花却又一望无际盛开着了。

二〇二四年三月二十八日

素　艳

　　鼋头渚、拈花湾，无锡各处公园樱花怒放，蔚为壮观，难以名状，可惜了素艳两字：

> 团团簇簇雪球涌，
> 花色高矜态绮浓。
> 寻味摘词何与拟，
> 素艳绝胜牡丹红。

二〇二四年三月三十日

武夷山大王玉女峰

大王峰顶雨凄凄，
玉女石前云雾迷。
五百年来相思泪，
流为浩浩九曲溪。

二〇二四年四月一十二日

如梦令·武夷山印象

武夷山，世界文化和自然双重遗产，茶的海洋，不知何处更有茶文化能出其右。甫下车，背诵毛主席"如梦令·元旦"词，为游览开场白，在告别武夷山之际，因步其韵而作：

石壁清溪岩茶，
品味静修放下。
多少个传奇，
涵养六杯神话[1]，
文化，
文化，
一袭红袍如画。

[1] 张艺谋导演的《印象·大红袍》着重讲述了六杯茶的故事。

二〇二四年四月一十四日

无他集 | WU TA JI

下 篇

感 觉

松子在发芽

这是晦涩的语言，读懂要有些阅历。

松子是极具生命力的，在失事飞机生锈的机翼下——她在发芽；

在野火烧过的草根下——她在发芽；

在干燥风化的岩缝里——她在发芽……

松子就像你的运气、你的机遇、你的命运——那么顽强。

我以为再没有了，可你告诉我她会再来，她在等待……

> 铅笔、三角尺和十三岁的少女
>
> 已经懂得离家出走
>
> 程序、论文也知道离经叛道
>
> 宣誓永不回来
>
> 我叮咛夏夜的星星——别动
>
> 可只在回头的瞬间
>
> 她陨落了
>
> 再没有了——
>
> 再不回来！
>
> 听说窗前的那株梧桐
>
> 被谋杀了 [1]
>
> 为毛毛虫和春天的花
>
> 剩下小不点的松柏
>
> 烈日下树的影子更深沉
>
> 我何曾止一千次地相信

山间的风　钟楼的雨

啤酒的花　山顶的松

我何曾止一千次地如鹰

盘旋　寻找

比直升机折断的翼更刚强的　松子

但傻子公司已在昨天

宣布破产

我闭着眼睛看见柜台上

琳琅的炒货

我承认鹰的翅膀

因而知道

松子　再没有了

还是子夜的风

关得窗户砰砰作响

蜡烛在流泪的时候

你的心很苦

只有书　陪伴月光

你把汗留给球场　泪留给床

那天晚霞与你同行

你没注意到秋日的自语

醉人的桂花

苍翠的松柏　列队

向你勤劳的背致意

你感觉到茂盛的草坪很软

坚实地托着你的躯体

狗尾巴草在你的嘴角

咀嚼着孤单的心思

品尝着通过又一道坎

和家乡便宜的柑橘的滋味

路很贵　这我知道

历史可以沿途采集

有时也可身临其境

可心域的山丘　荒芜得太久

历史在这儿已找不到家

还有松子

我恐怕得等到冬天

那时放把火一齐烧光

可你再一次打开窗户

再一次把灯擦亮

等她回来

是的

她会回来的

你含泪告诉我

松子还会有的

就像风　像雨

像啤酒的花

而且她已然发芽

[1] 因为春天扬花和夏天多生毛毛虫，许多年长、粗大的法国梧桐被砍了。法国梧桐因速生、冠大、成荫性好而被引种。真乃此一时彼一时也。

一九八七年三月九日

雪地

我看到的一幅画

纷纷的大雪刚刚停息
风没有　人没有　鸟没有
世界静止在肃穆的塔尖

哥特式的房屋
低沉地掌握着实在
铅灰色的天空
低沉地掌握着虚无

左边古典弧形的窗子
挨着塔身有了依靠
石塔傍着窗子没了孤单
右边落光叶子的大树裸身
举着雪枝　举着孤单　举着枯燥

小树在天地处
举着遥远　举着苍穹　举着未来
（"噗"，猫从凳上跳下）
震落了许多雪花

一九八五年三月十日

遥远、广大——终于没有了恰当的字眼

我没见过大海汹涌

于是当航行于太湖之上

万顷烟波间偶尔只有

渔帆点点

辽阔水势一片茫茫

便敬然想象大海

心里涌出许多雄壮的字眼

浩瀚　博大　广阔

于是于大海之外

便想象地球

想象太阳

想象银河

想象宇宙

想象宇宙的边缘

终于觉得一切都是那么广大

终于觉得疲乏

除了广大——终于没了恰当的字眼

我没有见过婴儿出世

可见过白发苍苍的老人死亡

如摇曳在轻风中的烛火熄灭

于是便肃然想到生命——何等短促

心里涌出许多苍凉的字眼

凄惨 绝望 虚无
于是于这生命之外
便想到生命的爷爷
想到爷爷的爷爷
想到二千年前的孔子
想到三皇五帝
想到钻木取火
想到来自大海的两栖动物
想到蛋白质
想到星云的裂变
终于觉得一切都是那么遥远
终于觉得疲乏
除了遥远——终于没了恰当的字眼

而渺小、短促的我们
竟然与广大、遥远同存
终于没有了恰当的字眼

一九八五年四月五日

大家無形
大音希声
大智若愚
大成若缺

无题的现代艺术

大街上
一把小提琴
猛地举起来
摔下去
碎成一千零二十七块
散落在半边洁白
半边用十种颜料喷洒过的
画布上

是地震后的废墟
是飞机失事后的残骸
是大炮击中的渡桥
是分裂症患者的神经
是生活的活生写照
——好好好——

一窍不通的木然地走过来
似懂非懂的惊奇地走过来
不懂装懂的　好、好　地走过来
弄懂弄通的　妙、妙　地走过来
摄影师的一千个角度
报章上的三百个争吵

油漆工似的背褡裤

递过笑脸　一一握手

将军肚的燕尾服

和蔼中带着赞许

成就了所有的愿望

头条／焦点／捐献

收藏／专家／名望

第二天　大街上　走过一群群

新闻家

慈善家

收藏家

鉴定家

和艺术家

一九八五年六月五日

青山的记忆

那天
车停泊在青山的港湾
我好不容易挤出沙丁鱼罐
下到子夜的山前
我至今犹谢那角落的酸梅
到如今
仍凉爽我每个细胞
点起我记忆的舒坦
超越满汉全席的盛宴

十二点充满了二十岁的气焰
我们向着星星登攀
我至今犹谢你光明的眼
到如今
仍照耀着我的双脚
把徘徊消灭在坎坷前

因为青山的大方
山坳间的凉风
慷慨把汗珠迅即化为
露珠散落在麻石台阶
因为夜的深沉

穿梭的身影
不见了十八盘的峻险
因为你的鼓动
当辉煌的太阳普照群山
而你身置群山之巅
你会涌现出那骄傲和自豪
就如大海涌出波涛
那么丰沛的激越
我们因此能走得更远

当前进就是后退之时
我知道我们到了山顶
山风好奇地来清点我们
衣衫的单薄
青春就像山燕
以笑声答复
让喝着露水的夏蝉
瞪着大眼睛惊羡

太阳出来了
他本是阳刚的象征
却露出了初春少女般
绯红的脸
是啊，只有那刚柔并济的美
才是最美
传说那日出之处便是海
云蒸霞蔚是波涛的欢呼

此时此刻
感觉与现实实现对接
我们笑如太阳绯红的脸

站在临海的最高
站在摩首崖唐宋人间
站在冰山遗迹巨石边
看右手的云如万马奔腾
翻滚联翩
看左手的云纹丝不动
绵绵拳拳
青翠的峰顶
绿色的宝石
镶嵌在一望无际丰满起伏
的白缎子之间
是一种什么样神奇的体验

陡峭的石阶
惊吓着白天的肌肉
青春却像小山羊
在欢乐的草地跳跃
千仞绝壁扶着霸王鞭
我们用手里的汗珠
心头的颤悸
摘取山茶花在那悬崖边
香吗？美吗？
雪莲长在天山顶

灵芝生于鹰愁涧

临别就像山间的一阵清风

吹过六朝松

我回首

那山崖石缝间的松树

正亭亭玉立

而山茶花的清香

正透过泰山极顶

透过千里

透过过去的所有时间

透进我的思念

一九八七年八月一日

附记：忘不了的感觉

　　去北方实习，要途经泰山。因为中学语文课本中有《泰山极顶》一文，印象颇深，总想去亲身体会这文章的妙处。这次便有了机会，便与平相约同去登山，说不定还能看到杨朔没有看到的日出。

　　我们是中午12：00从南京乘的火车，那时候车子慢，到泰安已是凌晨00：00，好不容易下了火车，出了站，可车站附近的旅馆、饭店都已客满，连浴室的躺椅也躺得椅无虚席。于是，商量了一下便决定直接登山。火车上十二个小时没喝着水（因为连厕所里都挤满了人），来回这么一折腾，马上凌晨一点了，觉得得喝点什么才能出发，转了一圈啥都没有，只有路灯下有一个卖酸梅汁的（是那种大的玻璃缸，下面用龙头放的一杯一角的那种），于是两人走过去，一人买了一杯，分几口喝进了胃，这下子可了不得了，只感觉从腮帮子沿喉咙到胃到肚子直至全身每一个汗毛孔——那叫个爽！那个舒坦劲，那个享受，真是前所未有啊。

　　后来，我每次见到酸梅汁，总要去喝上一杯，可再也没有那种感觉了，开始是怀疑质量问题，几次过后，便知道那种感觉再也不会有了。

　　现在的人，生活条件好了，但要享受那种舒服感，那种幸福感却是不可能了，再也没有了。

　　因为不认识路，又是深夜，不知如何行进，卖酸梅汁的人便指着遥远的一个亮点说那就是山顶的灯，朝那边去就行了。当时虽然我们感觉那是星星的亮光，可还是完全相信那是山顶的灯了，因为那时还没有忽悠俩字。

　　在卖酸梅汁人的指点下，我们直接向着"星星"出发了。

　　路上，又遇到两名南京大学研究生，竟然与我们情况相似，志同道合。于是组成四人小组，心中便少了一些忐忑不安。当接近山脚时，大路变成了小路，小路变成了石子路，渐渐的似乎没路可走了，山顶的灯也看不见了。正踌躇不前时，我们身后传来一阵欢声笑语，却原来是一个老师带着一群学生走过来了，一问是山东矿业学院（今属山东科技大学）的。

他们有不少装备，还带着一样家用电器——手电。说是他们的学校就在山脚下，以前已经爬过几次了，一直没有看到日出，所以今天又来了。不到黄河心不死，看不到日出不放弃。说话间，热情邀请我们跟着他们一起走。而我们好像遇着了救星。

想象成语"天无绝人之路"的出处也就在我们身上，或者在你的身上。所以无论什么时候都不要失去信心，要相信路总是有的，只要我们有目标。

一路笑语，手电光前后照着，讲些年轻人的话题，说些鼓励加油的词语；一路无语，夜黑沉沉的，山黑黝黝的，一切都笼罩在无边的静谧天籁之中。

不知不觉中，已手脚并用地爬过了十八盘，上了南天门，到了天街是早晨五点钟出头，天边有些微曦，太阳还没有出来。虽然是八月的天气，可山顶凉风扑来，周身寒冷，身上只着海魂短袖一件，无奈书包里拿出折叠式伞，顶风撑着，方好一些。到六点钟光景，正议论今天会不会有日出的时候，东方见红，大家聚精会神起来，看着云雾里太阳居然慢慢地升起来了，一时欢呼声充满了山顶。

日出的壮丽景象描述很多，大致是相同的。但云的变化可能每天都不一样。所以我在《青山的记忆》里描写了云。

八点钟不到，太阳已升起了很高，山顶也暖和了，在寺庙及附近几处景点看了一下（泰山之顶其实不大），便决定下山。口干得紧，可山顶上一碗白水得卖一角钱，思考再三，犹豫了五分钟，我与平决定还是到下山的路上再喝可能会便宜一些。当时觉得如果是二分钱一碗的话，无论如何是要喝的。

因为是大白天，下山的风景是好看的，可腿是颤抖的。感觉基本能与杨朔的《泰山极顶》相吻合，只是没这么悠闲。

到了中天门，水还是一角一碗，终于没喝成。

下了山，大路边经过山东矿业学院，已是十一点了，同行的同学力邀我们进去一坐，我们也感到十分有必要喝一点水（一杯酸梅汁已支持了近十二个小时），况且我的塑料凉鞋的后跟带断了，也需要找把剪刀剪一下，以便改造成塑料拖鞋。于是便进了学校。

　　到了宿舍里，倒出来的水是暖瓶里的热水，这边着急喝，那里天热冷得慢，脑子因为疲劳有些迟滞，嘴唇上居然烫出两个大水泡。

　　现在想起来正笨，直接兑点自来水不就结了，还是年轻惹的祸。

　　烫了两个水泡后，坐在那里有点上下不是，眼皮直粘糊，只好勉强起来打了个招呼，与平便去火车站了。居然没有特别的致谢，也没有留个地址，姓名什么的。

　　到了火车站，四角钱买个西瓜，一砸两半，我与平一人半个，口感和舒服是应该比半夜的酸梅汁更可以，但记忆没那么深刻了，因为实在太困了，有点迷糊。吃完半个西瓜，把书包往头下一枕，我们在火车站的长条椅上迅猛地睡着了。醒来已是晚上十点钟，赶紧去售票处签了票，排队、候车又是十二点我们上了车。穿着拖鞋进了北京是第二天的九点钟。

　　后来，回到学校的数月之后，想想有必要写点什么以示纪念，便写下了《青山的记忆》。

开 头

市场来了，
诗人走了；
功利来了，
理想走了；
搞笑来了，
浪漫走了；
这岁月，来的来了，走的走了。

二〇〇八年十二月二十八日

宇　宙

宇宙，宇宙是什么？

诗人云：

是我想象的翅膀；

天体物理学家说：

是一个点

大爆炸后　永恒的运动；

文学家曰：

是上下左右古往今来；

政治家唱道：

是我的所要掌握；

哲学家谈：

宇宙就是命运；

上帝亲密地告诉你：

宇宙是你的无知和我的创造。

二〇〇九年一月十三日

电影院的哭声

宽大的银幕，
彩色的悲剧，
挠人的心：
    心
        痛
            泪
                流
在那里看到自己的人，
哭得最起劲。

二〇〇九年一月二十一日

蠡 园

鸟鸣　婉转地碰碎
林间的新绿
落入湖中成微漾轻荡
杨树　如湖的盆景
垂下新年的发丝
激起鱼儿的匆忙
四季亭[1]轻巧的飞檐
默契爱恋　与凝春塔对恃
解释历史的恩怨
而游人与樱花与桃花
编织粉红色的曲折
于其间　温柔的迂回
穿梭

如川条鱼　在湖浪
自在快活
最美丽的
在黄昏　在落日
在江南春色

[1] 四季亭与凝春塔据说是民国期间两位老板因争富而建。

二〇〇九年一月二十二日

喜　欢

喜欢夏晨的薄雾

迷蒙　清新

世界在那里若隐若现

喜欢冬日的大雪

趣味　悠闲

世界在那里若深若浅

喜欢骨头上的雕刻

好像　遥远

世界在那里寻找泉眼

喜欢龟壳上的刀痕

似懂　非懂

世界在那里编创史前

喜欢生活的命运交变

或者　也许

世界在那里由你自己指点

二〇〇九年一月三十一日

想什么呢

春之红

紫云英
粉红的波浪
涌进你多情的文章
田间有双燕斜飞
抒情的楝树花
飘出阵阵清香
爱意明显地透入
四面八方

绿叶托着朴素的桃花
在阳光下热情漾漾
带露的红杏
在轻声细语里
含苞待放
编队的大雁
以你嫉妒的姿态
把更远的湖泊
向往
回首青砖红瓦间
燕巢新筑
有带血的泥浆

我不敢
仅仅把握那些想象
复苏的季节里
似乎没有收获
但绿色的太阳中
正充满
父亲金黄色的梦想

二〇〇九年三月五日

春之黄

梧桐把嫩黄　布满背景
所有的脸上
洋溢出土地的沧桑
那些枯枝　在柔风中坠降

而我们的思维
更深层地向岩石扩张
我们的根系　是生命
总这样选择
热爱土地的　灵魂和思想
或许是一只处优的狗
正欣赏午后的阳光
柳絮和疲劳　在树下滑过
原野有蜜蜂飞来
鼓动着辛勤的翅膀
我不敢忽视　这一点一滴
在任意一方土上
播耕恰当的种子
成果在蜂箱等待
可喜的是　我们总拥有希望

二〇〇九年三月五日

春之绿

杨柳绿意敲窗

我尽量

把身心交付给

这温馨的气息

把脚交付给　芦芽

摩挲去一冬的风霜

淡雾依偎着

河谷的温情

竹林的清香

新叶和雨丝

如原野的记忆开放

又一株春笋透土

便一再剥下

过去的束缚　一节节

把风雨分享

我不敢

把困惑带到明天

趁此刻　擦去天空的忧伤

留下纯情的舒云

在草青花红间

是一段　令人苏软的时光

二〇〇九年三月五日

跣足　裸身　披发
提杖　狂奔
心中只有一个信念
把太阳追赶

那是为了江河横溢
还是为了土地龟裂
那是为了白昼太短
还是为了生活苦艰

赶　拼命地追赶

叉开的十指
在草地上留下湖泊
在沙砾里刮起风暴
在岩石上留下血痕
在无路里蹚出道路

枣栗色的肌肉
钢锭般块块绽起
牵连起铁的躯体
呈不可抗拒之姿

　赶　拼命地追赶

　那是为了打赌游戏
　还是为了名载史篇
　那是为了征服对手
　还是为了子孙在安逸中绵延

　青山以特有的方式挽留
　风挽起手臂与好言一起劝说
　但昂扬的头已顶破时间
　汗把沿途的瘠土浇灌

　赶　拼命的追赶

　从无谓到有谓
　由嘲笑到暴跳
　太阳　不敢想象不能容忍
　如此放肆的挑战
　……
　滚回去吧
　否则　你将化为灰焦
　在我这里　一切都是乌有

　赶　拼命地追赶

　太阳狂怒地
　一扭身　射出亿万支金焰

顽强地从每个细胞里
攫取水份　挑战者的披发
似一把巨大的火炬
身子似在烈火中焚烧

水——
河渭在大口下干裂
眼睛　心脏
——三颗太阳
爆发出最后炽烈的光
步履踉跄
大地发出痛苦的抖震
以杖顿地
再努力地扔出手杖
扔出最后一点光
仰天长啸
再费力地回首眺望
去欣赏豪迈的壮举
去留恋过去的时光
不——
是期望

夸父仆下了　带着期望
仆下的巨响掀起
巨大的尘埃
恨遮蔽了一切

当一切恢复了平静
仆下处耸立有一座大山
山前平躺有一片广袤的邓林
长着滴血的甘果

翻开无数年时间的沉重
抹去无数代沉垢的堆积
几多消沉几多激荡
夸父刚强的躯体
埋葬在了何方
邓林的甘果
雨露了夸父干渴的骷髅吗？
哪里又能看到
夸父希望的灵光

哦
站在大山的峰顶
我的双腿明显感受到
山中炽烈的岩浆在滚荡
哦
是巨人的心脏
永不疲倦的跳荡

那就是希望
那就是希望

二〇〇九年三月二十二日

孤独的房子

缺少孤独的房子

　　有些人总有孤独，可实际上缺少孤独。孤独的是月亮，而我们不孤独。连无人问津的溪边的房子也一点都不孤独。

　　　　一株枯松
　　　　向着冷寂的星星
　　　　向着冷寂的青天
　　　　大笑
　　　　眼泪索索
　　　　落满一地
　　　　然后伸出几千年皲裂的手
　　　　狠狠地
　　　　刺向冷寂的青天
　　　　刺向冷寂的星星
　　　　她的身后
　　　　一所孤独的房子
　　　　望着淌着清涕的小溪
　　　　沉默不语地
　　　　在枯松的笑声中发抖
　　　　风在她的前面刮过
　　　　风在她的后面刮过
　　　　穿山甲
　　　　一晃而过

老虎走了　　没有了啸声
猎人走了　　没有了枪声
房子在风中沉默不语
孤寂地发抖

曾有过荣耀显赫的时光否
有也是过去了
曾有过人语喧嚷车水马龙否
有也是过去了
曾有过灯光灿烂彻夜不眠否
有也是过去了

而如今
衰草踩着玻璃的残骸
窥视玻璃主人　看见
一只蜘蛛正作着建筑师
做的好梦
编织起超强的柔丝法网
而更加高明的歹徒
正在天网上空独往独来
蝙蝠倒悬着　练习一种
世间早已失传的功夫
碎瓦片与断砖头紧紧拥抱
时间之长使老鼠失望
嫉妒　丧气窜开
却被烂山芋绊倒
啃了个够带回家

尾巴是纤绳
或许能支撑半个冬天

风柔和地抱起一张纸
轻轻的把他送入破门框
纸从此开始新的生活
蚂蚁于是有了新广场
并为争夺这广场而厮杀
鸟粪好奇地从梁上跳下来
结果地板上又添了一个几何孔
钻木取火符合牛顿三大定律
灰尘讨厌做鸟粪的被窝或坟墓
一所不孤独的房子

我恍然发现

撕开的草皮里
蚯蚓正吞食真实的泥土
天空云聚　乌黑　洁白
天空没有云
霞光展示海市蜃楼
佛光只有在峨眉山看见
有时龙首崖也有人舍身
而蚯蚓在吞食真实的泥土
蝈蝈
在草丛间寻找
晴天夜晚的泪水

比如酒

由生命之泉所酿

就唱着孤独

唱着月亮的孤独

顺着青藤的天牛触须

挂在枯松的指梢

螳螂的大刀

对着壁虎的又一条尾巴惊叹

比如树

在下一个春天萌芽

螃蟹不以为然地唾着白沫

在小溪的崖间狂喊

忘记我了吗

不会的

寄居房檐蜂窝的胡蜂

飞着回答

他仿佛听见小溪在哭

哭月亮的孤独

而枯松

而房子

不孤独

二〇〇九年三月二十八日

热情的回归

如两棵树默默相对
如两堵墙相对默默
而且没有风
两根木头
不能言语的痛苦
惊恐走入塔林
碑上的文字尚有余温
数千年了
为什么我们
弃之不用
为什么我们
不走前一步
而如塔
孤立地思想很久

咖啡煮的很浓
讲究的杯子十分好客
转过身痰吐得更远
楼顶的人还没有跳下来吗
湖心的儿童
急等着钱来伸手

扔掉吧

我奋力地游上去
三百六十五个台阶
冰在指间消融
水流如时间一样湍急
血献上去了
人不知道
恳切于灯下作客
回去的路
风期待着
墙上的少女
把心交换

今晚
又有开叉的灯苗

二〇〇九年四月九日

你也有老的时候[1]

我拼命地拉住纤绳

船　古老长满了苔藓

沙滩　那些淤泥的沉积

诱惑着搁浅

于是谴责与忏悔

就如螃蟹　吞吃

软果树和心安理得

你快乐地穿过早晨的林间

咀嚼着口香糖和青春

把摇篮遗忘在潮湿的河堤

我拼命地拉住纤绳

和没有牙齿的渔翁

把鳗鱼清蒸

就着黄昏的残阳

讨论船舷的幸福

干瘪的眼睛已然枯竭

但船头不时拍起

激动的水声

你真正享受夏日的温暖

把旧炉台

从窗口　丢掉

一捆破旧的棉絮

你也有老的时候
而且
神经如黄昏后麻木的甲板
肌肉如露水中开放的棉花
眼泪和鼻涕　沿着
皱纹的河道四散奔流

或许你没有想到
但你有老的时候
而且
腿像敲击过的音叉
绺绺白发和松动的牙齿
飘扬在凛冽寒风中
音乐型的耳朵和月牙般的眼睛
缓步在蒙蒙雨空
如一撮腐朽的污泥
倒地　无人搀扶
绕道走过群群
生气的孩子

　　[1]市场经济下钱越来越重要，亲情越来越淡漠。有新闻报道，一家有儿子五个，而父母无所养。父子对簿公堂，兄妹断情绝义，只为了一点钱，一套房。

二〇〇九年四月十一日

最后的防线

又一只鼎出土了
神坛上已积满尘土
关节的病也鲜为人知
竹简的咒骂如熏香
继续在空气中弥漫
许许多多的勇士
尝试了汤的味道

戏台又一次套上包拯的黑脸
龙虎狗在两侧咆哮
异议在这里收口
历史把喝采递给今朝

又一只鼎出土了
四周围刻有坚定的枪炮
秀美的文字
毫不含糊地挺立
捍卫者滴尽了自己的鲜血
功利者再一次借题发挥
水在四处流动
焚荒的火择机燃烧

偏僻的乡村
住满高尚的道德
战士们戴着击剑的面罩
半土半洋地坚守战壕
黑夜里长大的孩子
在阳光下眯着难受的眼
但瞳孔正在一步步缩小

塔里木河
也曾孕育两岸的牧草
可走向消亡
也正是自然地号召
所以
三只脚
尽显设计者的苦心
为的是路可能不平

二〇〇九年四月十二日

老传统新迷信[1]

又一条闪光的绳子
把我的手脚围困
生锈且古老的铁链
断裂后本可以放开手脚
去拥抱太阳
用远洋轮的缆绳
紧紧绑缚固执的蠓虫
沉入最深入的海洋
或者驱逐上高山
待秋后开刀问斩

高明的拳手
总让对方的铁拳落空
更高明的拳手
则闪的更远
让敌手　狂怒地
徒然击撞影子

秋日雨后
藤蔓缠绕的墙角
我高兴地逮住了一只甲壳虫
公鸡们为宇宙蛋的问题
大吵大闹

争论不休者不朽

转过一圈的圆规回到起点

而终点就是起点

所以爱夸耀的巫婆跳着迪斯科

穿梭在酒家与饭店

新的苹果在梨树生成

日夜交替红白色的接力棒

因而没有尽头

不是没有源头

最权威的油漆工

专做表面文章

为了洞

一块玻璃为枪弹击中

碎成几片

也就是你陷进了沼泽地

结果沼泽地遭到你破坏

一天你穿着新衣服

从洞穴出来

为照相机所把握

最强烈的反差

[1] 老传统不少只不过是迷信，我们依然奉若神明，而我们又发明了不少新迷信，不久的将来，它们又将变为老传统。

二〇〇九年四月十六日

你经历了你的不知道

你就这样离开吗？如果你没有忘记，你就这样离开吧；如果你已经忘记，你就这样离开吧！

——题记

我抚摸着我的三弦琴
发出古老而又新鲜的琴音
震动大雁、云雀、海葵花的鼓膜
妈妈掀起天蓝色的窗帘
深情地降落在颤动的琴弦
但是有谁知道距离的远近
阳光普照着青翠的山岗
滴水落入浩瀚无边的大海
缠绵的霸王鞭、葡萄丝
和在冰川纪绝壁上攀缘的长青藤

我拉开心弦强劲的弓
把感谢射入最深层的天空
为的是让大家能都看到
阳光微笑着拥抱我们
安放在最亲爱的位置上方
化为一株向日葵
我最大的愿望

你亲自经历了你的不知道
但你知道
阵痛昏迷在手术台
木板床发出力竭的叫喊
鲜血如河
春天的草坪绿茵茵
黄茸茸的小嘴啄破了壳
十月过去了
再十年呢，再十年了
就让料峭的寒风
把孤独的烛光陪伴
于是　智慧的人
就在耐心的灯下围坐
静静聆听跳动的灯苗
老年斑深藏的快乐和悲伤
把窗轻轻关上
把被角掖平
良久是梦的甜蜜

晨曦中太阳如血红
哦
在阳光温暖的手下
我们的感情是如此苍白
是那么得无济于事
是那么得无能为力
我剖开我心的油菜花
编织成永不枯萎的花环

供于大地上
放在阳光下

二〇〇九年六月五日

你能理解得更好

你就这样离开吗？如果你没有忘记，你就这样离开吧；如果你已经忘记，你就这样离开吧！

——题记

碧清的溪水源自
终年积雪的峰顶
精神是质地很纯的银杏
而理解往往是山谷中
腐败的枯枝和败叶
而三千年前　王子
在西方放弃了王位的继承
而赤道的风比赤道更炎热

都这么说
那些老人们
那些最谦虚的人
恐惧地想象精和神
我们走在巍峨的殿堂里
我们随时抚摸
大钟　楠木和龟碑

最贫困的村落
最出色的塔寺

一齐发出惊世的钟声
还有木鱼不断的呻吟
经卷般黄香香的烟丝
在麻木的黄昏
发放迷人的的浓雾
修补前世的衣襟

吃点香土与根治不育
黄喷喷的好运气
牛蹄筋　只有一种肃穆
如老和尚的脸
昭然若揭
纳上去　纳上去放心
神受　神受　神受

像蛔虫在每个健康的人
肚子里寄生
毫无察觉的饥饿如蜂蜜
强劲的消化功能
愉快的精神感受
因此
错觉的心啊
沉入臭水塘的熟铁刀
而且更迟钝更愚蠢更腐朽

是放火吃药的时间了
板结的大地上

赫然写着肠虫清
清早的老头正用屎锄
铲除大道上的狗屎

村庄前后冒出许多的古董商
我们虽然依旧吃着饭
依旧用三千年前的陶碗
一无所获的　大火
烧过土墙
无奈笋
在于灰烬瓦砾下
悄然兴起

二〇〇九年六月二十八日

一根不断的脐带

你就这样离开吗？如果你没有忘记，你就这样离开吧；如果你已经忘记，你就这样离开吧！

——题记

蚯蚓带着血的热情
在贫瘠的土壤表皮松动
闪光灯密切注视这一变化
的内在含义
猪粪鸡粪的早上是一个被
清理的过程
梧桐树皮如掌茧在秋风中
一块块剥落
榆树把她们的年龄雕刻进
杂乱的皱纹

总还会记得的
黄昏的鸡支着脚
不归巢的姿态
糯米红枣黄瓜杏子刺梨枇杷
的味道
总还会记得的
在再一次孤独后的沉思中
在再一次跌倒后被扶起时

在再一次使用药物无效后
的失眠之间

总还会记得的
冰冻的黄河漂浮
一大块灰白色的尿布
圣仁的孔子讲述
悬崖上的文字
还有什么山峰吗
比阿尔卑斯更神奇
比珠穆朗玛更巍峨

妈妈崇高的乳峰
回答
填入你嗷嗷的小嘴
吮吸到血丝是酸痛的
但那个黎明时光是甜蜜的
总还会记得

总还会记得的
缺铁性贫血的菜色的脸上
的微笑
泪雨滂沱你走向电闪雷鸣
千万声欢呼你把奖杯高举
一座有力的山紧贴你的后背
一根不断的脐带

因而我们可以笑
因而我们可以哭
可以在绿茵的草地
可以在桃李的树底
可以在天空中遨游
可以在大海里行舟
昨天的事
蹒跚的学步
竹林里咿呀学语
或许已经走过很多的桥
或许可以不想

但
总还会记得的
当烛火在风中摇曳
他的最后时刻
自然用他颤抖的手
告诉你他的一切奥秘
大海用他永不消灭的水
和生生不息的浪
为你翻开一页页
心啊用他那比舌尖敏感
一千万倍的神经元
品尝百合基调就得蕃茄汁
雨中的千叮万嘱
还在箱里
你已经上了大路

白杨树叶哗哗的响

河道里有十八道弯

可心头的结啊

夏天的星星下

一遍又一遍的指头

落日的黄昏后

一次又一次的眺望

总还会记得的

那苦楝树

不正与礁石一起长大

春天正开出密密麻麻

紫白色的花

那如心思般缠绕的葡萄藤

不正结出一串串紫嘟嘟的果实

不息不息

不息的爱的收获不息

林下的小溪

用他的澄碧洗濯你的双脚

雨燕也已归来

衔着带血的泥

二〇〇九年七月五日

野渡天人
舟自橫

已不能再等

那天牵牛花开时
我知道我不能　再等
虽然天空没有月影
可已无妨那执著追求的星星

无人的沙滩
蚱蜢在她的草尖翻身
清澈的河水
把他上游的肤浅摆脱
流得很深很深
温情的芦苇
抚慰着小舟打盹
驼背的杨树
憨厚地背负鱼鹰的安静
听见　打老远传来一二记
空旷的狗吠声

我低头把食指抵住鼻根
思量　我该过河了
肯定　我已不能再等

二○○九年二月二十五日

榆树花的夜

那是榆树花的夜，
天空没有星星
榆树也没有醒；

夜已经很深。

你把很久一段柳枝
递与我，
蝈蝈在车前子草间
大喊了一声。

近处有大路
通远方，
远方有山影，
为了天空的星星，
夜的泪水在榆树叶尖
把梦寻。
路上传来你的皮鞋
和石子的对话声。

夜已经很深！

二○○九年二月十二日

童年記忆

最贫穷的童年最富有的国王

你就这样离开吗？如果你没有忘记，你就这样离开吧；如果你已经忘记，你就这样离开吧！

——题记

最贫穷的童年是最富有的国王
是可爱是天使是希望是全家的欢畅
最广阔的原野是心的牧场
在其中不知疲倦的奔跑
躺下来
好奇的大眼睛
稚气的脸
满身都是紫云英的清香
抚摸一下
有妈妈温暖如春的手掌

撅嘴的老母鸡与小花猫
追逐蜜蜂在三春的墙洞
看酿蜜　放风筝
有三千种花色空降
下雨时接过糖葫芦
阴暗的天空总是很匆忙
他们握着无忧无虑
驱赶爸爸妈妈的忧伤

夏天的光线特别长

可以把牛羊栓到树桩上

摆起石头的方阵

于是有皇帝　将军和勇士

于是跳进中午的水中黄昏的夕阳

夹住黄鳝在草坎的洞

泥鳅在泥浆

萤火虫的夜晚　水塘边的蝈蝈

数星星　照虾蟹

蟋蟀在草垛脚快乐地决斗

他们不知生活是盐罐或酒瓶

他们握着蜻蜓屁股追赶

无忧和无虑

香甜的露水　以后是深秋的薄霜

芝麻节节高长豆根根老

穿梭在乌农树花果柏子之间

忙碌在车前草九里香身旁

让蒲公英的绒绒伞自由地飘放

让知了在混沌杨树叶下放歌

让青蛙与东河面的潮水对唱

高兴地捅下坚实的螳螂子

与小鸟一起拾着蝉衣蛇衣马蜂窝

然后一起聚集在宁静的夜晚

在幻想的梦境里飞扬

他们堆放满童年的纯爱

他们有时握着野菊花

追赶无忧和无虑

鼻涕和开裆裤把童年掺和
去了皮的白果在火上哔剥地响
冰面的滑
黄豆的香
刚出火的烘山芋
翻滚在通红的小手掌
雪地里雪人不觉冷
三眼灶前柴火暖
野地里麦苗等着踩
东南西北捉迷藏
他们不知生活是头痛或糖浆
他们握着无忧无虑
追赶爸爸妈妈的希望

二〇〇九年六月二十八日

感觉如果

如果是寒空中的一朵云
扭头也会感到
东方吹来习习的和气
如果是冬雪下的一棵芽
翻身也会体会
大地送上微微的暖意
如果是仅有一双迷惘眼神
瞬间也会看到
落日里飘洒的真挚希冀
如果……
真实的世界没有如果
如果既然已知
便不再在寒风中等待凛冽
便如一只鱼
逃避那冰冷水面
去到最深的渊底
觉悟自然的温暖气息

二〇一二年一月三十日

附：2017同学会影集序

二〇一七，岁在丁酉，暮春之际，宜兴竹海国际会议中心，云呈五彩，莺歌燕舞，有欢声笑语，不绝于耳，何也？南漕中学高中同学聚会也。百三十人，欣然而集。

此地乃天目山余脉，有善卷洞、张公洞等奇山美景，引人入胜；有梁祝、岳飞等悲情传说，让人感叹。既而山势起伏，遍布修竹。风细间，竹影婆娑，淡雅而清幽；风劲时，竹浪滚滚，热烈而深厚。与人之心情，正相合拍。团聚山麓，促膝而谈，足以畅叙友情，互赠祝福。

列席同学，均越天命之年，多出贫寒农家。以自强不息之勇气，锲而不舍之精神，于风云变幻时代浪潮中，或勤劳致富，创业有成；或勤俭治家，生活美满。虽无惊天动地之壮举，经天纬地之奇迹，却不乏可歌可泣之故事，可圈可点之佳话。

王逸少云：人之相与，俯仰一世，修短随化，终期于尽，不能不有所兴怀。

三十八年，一弹指间，大者如润之曰："可上九天揽月，可下五洋捉鳖。"小者如元亮诗："采菊东篱下，悠然见南山。山气日夕佳，飞鸟相与还。"各借天时，或凭地利，大小之间，俱安所得，既安所得，快乐油然。

念世界之大，芸芸众生，相识几何？逢场作戏，相知几个？推心置腹，口无遮拦，只有同学而已！可以揭短扬丑、添油加醋而开怀；不用见貌辨色、曲意奉承而彷徨。虽不能随意借钱，但总能尽力帮忙。此实为同学会兴之缘由。

嗟夫，再弹指间，几人躬逢？愿以曹孟德语，与同学共勉："盈缩之期，不但在天；养怡之福，可得永年。"